T5-AFR-325

Je veut des boucles d'oreilles!

texte de Dyan Blacklock
illustrations de Craig Smith
texte français d'Isabelle Allard

Les éditions Scholastic

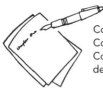

Copyright © Dyan Blacklock, 1997, pour le texte.
Copyright © Craig Smith, 1997, pour les illustrations.
Conception graphique de la page couverture
de Lyn Mitchell.

Copyright © Éditions Scholastic, 2001,
pour le texte français.
Tous droits reservés.

Texte original publié par Omnibus Books, de
SCHOLASTIC GROUP, Sydney, Australie.

**Données de catalogage avant publication de la
Bibliothèque nationale du Canada**

Blacklock, Dyan
    Je veux des boucles d'oreilles!

(Petit roman)
Traduction de: I want earrings!.
Pour enfants de 6 à 8 ans.
ISBN 0-439-98887-X

I. Smith, Craig, 1955- II. Allard, Isabelle III. Titre.
IV. Collection: Petit roman (Markham, Ont.)

PZ23.B57Je 2001   j823   C2001-901483-XI

Il est interdit de reproduire, d'enregistrer ou de diffuser, en tout
ou en partie, le présent ouvrage par quelque procédé que ce soit,
électronique, mécanique, photographique, sonore, magnétique
ou autre, sans avoir obtenu au préalable l'autorisation écrite
de l'éditeur. Pour la photocopie ou autre moyen de reprographie,
on doit obtenir un permis auprès d' Access Copyright, Canadian
Copyright Licensing Agency, 1, rue Yonge, bureau 800, Toronto
(Ontario) M5E 1E5 (téléphone : 1-800-893-5777).

Édition publiée par les Éditions Scholastic, 604, rue King Ouest,
Toronto (Ontario) M5V 1E1 CANADA.

6 5 4 3 2   Imprimé au Canada   06 07 08 09

Pour Carla et Sandy Salteri,
qui ont inspiré les livres
de la collection petit roman – *D.B.*

Pour Bruno – C.S.

Chapitre 1

Carla ne veut pas grand-chose. Elle ne veut pas de bicyclette. Elle ne veut pas de poupée. Elle ne veut même pas de chocolat à tartiner pour son dîner. Ce que Carla veut, ce sont des anneaux en or à ses oreilles.

— Je veux des boucles d'oreilles! dit-elle à ses parents.

Mais ils refusent.

— Les petites filles n'ont pas d'anneaux aux oreilles, disent-ils.

Carla est en colère, et triste aussi. Mais peu importe ce qu'elle dit, ils ne veulent rien entendre.

Chapitre 2

Rosa est la meilleure amie de Carla. Elles font toujours la même chose. Si Carla met un chandail vert, Rosa met aussi un chandail vert. Si Rosa joue sur le tourniquet, Carla y va aussi.

Mais un jour, il y a une chose qui est différente. Rosa a de petites perles en or aux oreilles.

— Tu es vraiment chanceuse, dit Carla.

— Demande à tes parents, dit Rosa. Comme ça, nous aurons toutes les deux des boucles d'oreilles!

— J'ai déjà essayé, dit Carla en baissant les yeux parce qu'elle sent venir les larmes. Ils ne veulent pas.

— Ne t'en fais pas, dit Rosa en ouvrant son étui à crayons. Je vais t'en dessiner.

Elle prend un marqueur doré et dessine un gros point sur chacune des oreilles de Carla. Mais ce n'est pas la même chose.

— Maman, demande Carla après l'école, Rosa n'est qu'une petite fille comme moi, et elle a des boucles d'oreilles. Je veux me faire percer les oreilles. Comme ça, je pourrais mettre des anneaux et les enlever.

La mère de Carla secoue la tête.

—Non, dit-elle en continuant à étendre le linge dehors. Dans notre famille, personne n'a jamais eu de trous aux oreilles. Désolée.

Carla fronce les sourcils. Rien à
faire, sa mère ne changera pas
d'idée.

Chapitre 3

Dans la rue où habite Carla se trouve une vieille église. Un grand marché s'y tient tous les samedis. Des drapeaux flottent au-dessus des tentes rouge et bleu ornées de gros bouquets de ballons retenus par des rubans. On y vend de jolies chandelles et des bandeaux de soie pour les cheveux.

SAINT-MARC
1872

15

Carla adore aller au marché. Pendant que ses parents prennent un café et un morceau de gâteau, elle part se balader.

Près de la rue, une jeune fille vend
des fleurs de papier. Elle a une perle
argentée à une narine.

— C'est   beau,   dit   Carla,
intimidée.

— Merci, répond la jeune fille.

— Mais comment fais-tu pour te moucher? demande Carla.

— Comme toi, dit la jeune fille en souriant.

— Peux-tu enlever la perle et la remettre? Peux-tu la faire tourner?

— Tu poses beaucoup de questions, dit la jeune fille.

— Excuse-moi, dit Carla. C'est parce que j'aimerais bien avoir une perle à ma narine, moi aussi.

— Il faut que tu demandes à ta mère, dit la jeune fille.

Sa mère est toujours assise et boit son café.

— La fille qui vend des fleurs de papier a une perle à une narine, dit Carla, en croisant les doigts. Je veux une perle à ma narine.

Sa mère la regarde par-dessus sa tasse de café et hoche la tête :

— Non. Dans notre famille, personne n'a de perles aux narines. Désolée.

Carla a envie de taper du pied.

Chapitre 4

Dans l'après-midi, Carla va au cirque avec ses parents. Le garçon qui vend du maïs soufflé et des boissons gazeuses a un anneau au sourcil. C'est un anneau bleu avec une clochette. Chaque fois qu'il remue la tête, la clochette bleue produit un tintement.

Carla voudrait lui demander si la clochette lui tombe dans les yeux, mais elle a peur d'être impolie. Elle a envie de lui demander comment il se lave le visage, mais elle n'ose pas.

— J'aimerais bien avoir un anneau
avec une clochette au sourcil, moi
aussi, dit-elle.

Le garçon sourit :

— Il faut que tu demandes à ton
père.

— Est-ce que je peux avoir un anneau avec une clochette au sourcil? demande-t-elle en reprenant son siège.

— Non, dit son papa. Dans notre famille, personne n'a d'anneaux aux sourcils. Désolé.

Carla a envie de jeter son maïs
soufflé par terre.

Chapitre 5

Le samedi matin, toute la famille
va à la plage. En se baignant dans
la mer, Carla voit une dame qui a un
anneau au nombril. Au milieu de
l'anneau se trouve une jolie pierre

verte. Quand la dame sort de l'eau,
la pierre verte ressemble à un bout
d'algue mouillée.

33

— L'anneau que vous avez au nombril est très joli, dit Carla en flottant près de la dame. J'aimerais en avoir un comme ça.

— Il faut que tu demandes à tes parents, dit la dame avant de disparaître sous l'eau.

— Maman! Papa! dit Carla en s'assoyant sur le sable à côté de ses parents. Est-ce que je peux avoir un anneau avec une pierre verte au nombril?

Son père et sa mère ne lèvent même pas les yeux de leur livre :

— Non. Dans notre famille, personne n'a d'anneau au nombril. Désolés.

Puis ils se regardent en souriant.

— Ce n'est pas juste! crie Carla. Je ne peux jamais rien avoir à moins que quelqu'un de ma famille ne l'ait déjà!

Elle ne parle plus à ses parents
du reste de la journée.

Chapitre 6

Le dimanche après-midi, on frappe à la porte.

Carla va ouvrir.

C'est un homme qui porte un grand sac.

— Bonjour, dit-il. Tu dois être Carla. Je suis ton oncle Harry. Nous ne nous sommes jamais rencontrés. Je vis aux États-Unis depuis dix ans.

Carla regarde fixement son oncle Harry. Elle n'a jamais vu quelqu'un comme lui. Il a les cheveux longs et un drôle de chapeau. Et son corps est couvert de dessins.

Il y a un dragon qui crache du feu le long de son bras droit. Sur l'autre bras figure une rose surmontée du mot « Maman », et un joli papillon orne sa main gauche.

— J'aime tes dessins, dit Carla.

— Merci, dit l'oncle Harry. Ce sont
des tatouages. Il enlève son
chapeau et repousse ses cheveux
vers l'arrière.

Carla a envie de sauter de joie!
L'oncle Harry a un anneau doré à
l'oreille.

— Tu fais partie de notre famille, n'est-ce pas? lui demande-t-elle.

— Mais oui, répond l'oncle Harry.

— Entre, dit Carla d'un ton joyeux. Maman et papa vont être tellement contents de te voir!

Dyan Blacklock

Quand j'étais petite, je voulais des boucles d'oreilles, mais ma mère me disait toujours non. Il m'a fallu attendre d'être adulte avant de me faire percer les oreilles. Aïe! Ça m'a fait mal!

Aujourd'hui, je ne porte pas de boucles d'oreilles très souvent, mais je vois beaucoup de filles et de garçons qui portent des boucles à toutes sortes d'endroits bizarres sur leur corps. Ça doit faire mal de se faire percer le nez ou le nombril. À mon avis, c'est plus amusant d'avoir des boucles d'oreilles quand on est jeune. Si seulement ma mère m'avait permis d'en avoir!

Craig Smith

Dans ma famille, personne n'a jamais eu de tatouages, d'anneaux à des endroits étranges ni de coiffures bizarres. Maintenant que je suis un adulte, je ne peux même pas changer de coiffure parce que j'ai perdu presque tous mes cheveux! Récemment, j'ai commencé à dessiner un tatouage de dragon (un dragon amusant, pas un dragon méchant), mais je n'arrivais pas à décider où je le voulais. Ma fille m'a demandé si elle pouvait avoir un tatouage, elle aussi. Dès que je lui ai dit oui, elle a cessé d'en vouloir un. Je me demande bien pourquoi…

As-tu lu ces petits romans?

- ☐ Attention, Simon!
- ☐ La Beignemobile
- ☐ Éric Épic le Magnifique
- ☐ Follet le furet
- ☐ Une faim d'éléphant
- ☐ Un hibou bien chouette
- ☐ Isabelle a la varicelle!
- ☐ Jolies p'tites bêtes!
- ☐ Julien, gardien de chien
- ☐ Une journée à la gomme
- ☐ Lili et le sorcier détraqué
- ☐ Marcel Coquerelle
- ☐ Meilleures amies
- ☐ Mimi au milieu
- ☐ Pareils, pas pareils
- ☐ Parlez-moi!
- ☐ Quel dégât, Sun Yu!
- ☐ Quelle histoire!
- ☐ La rivière au trésor